C000095429

Né le 27 novembre 1950, Philippe Delerm est l'auteur de romans, de recueils de textes courts, d'essais ainsi que de livres pour la jeunesse. Ancien enseignant, il se consacre désormais pleinement à l'écriture. Il est l'auteur, entre autres, de *La Première gorgée de bière*, *La Sieste assassinée* ou encore *Paris l'instant*. Martine Delerm, professeur de lettres, est aussi auteur de livres pour la jeunesse et de recueils de nouvelles. Martine et Philippe Delerm vivent aujourd'hui en Normandie.

Paru dans Le Livre de Poche :

LES CHEMINS NOUS INVENTENT

PARIS L'INSTANT

PHILIPPE DELERM
TRACES

Photographies de
MARTINE DELERM

FAYARD

© Librairie Arthème Fayard, 2008.
ISBN : 978-2-253-12671-3 – 1re publication LGF

UN CŒUR SUR UN FEU ROUGE

Ce livre est l'aboutissement d'un dialogue entrepris avec la femme de ma vie, Martine. Il y a eu d'abord *Les chemins nous inventent*[1], une déambulation d'une dizaine d'années par les sentiers secrets de la campagne normande où nous avons fait notre vie, puis *Paris l'instant*[2], écho d'une fascination pour l'idée de Paris, la ville d'enfance de Martine et pour moi la cristallisation de tous les ailleurs. Cette conversation de photo à texte s'est donc nourrie d'un décalage et d'une complicité. La plupart du temps, la photo précédait les mots, car Martine savait mieux que moi ce qui me donnerait envie d'écrire. Avec *Traces*, je pense que c'est une part de nous-mêmes encore plus profonde que nous avons

1. Le Livre de Poche n° 14584.
2. Le Livre de Poche n° 30054.

révélée. Lire des signes dans le réel, et de préférence des signes que les autres ne voient pas toujours, comme ces petits cœurs dessinés sur les feux rouges par un cache. Il y a eu celui qui a eu cette idée magique, totalement gratuite et poétique. Et puis en en parlant autour de nous, nous nous sommes rendu compte que la plupart des gens ne les avaient pas vus, emportés sans doute par un rythme de vie, de stress, où les feux rouges ne sont faits que pour interdire ou permettre l'écoulement – pas pour être regardés. Les traces que nous voulions recueillir étaient souvent des petites résurgences du passé dans le présent, l'épave moussue d'un bateau dans le port de Noirmoutier, le nom d'une moniale sur une pierre tombale dans l'église du Béguinage à Bruges, des superpositions de matières, la pierre ; la brique, le crépi, des rails dans la cour pavée d'un passage ; une enseigne de tapissier, le bois qui prend avec le temps la tonalité de la tôle rouillée. Il y avait des mots aussi, des mots écrits à la craie, prêts à disparaître à la première averse, des idéogrammes incompréhensibles, des lettres stylisées, gravées dans la pierre par le désespoir d'un errant anonyme, ou des mots préservés sous une vitrine parce qu'ils avaient été tracés par une main célèbre, mais quelle différence au fond ? L'essentiel, c'est de ne pas connaître le sort possible des mots qu'on a écrits ; l'éternité d'un soir pèse le même poids qu'une fragile et fausse éternité posthume.

Le bois s'effrite, sur la petite table ronde où tant de clients ont pris un p'tit café pour faire la nique au temps, pour arrêter le jour, en parlant d'autre chose. Un doigt a tracé un dessin sur la buée d'une vitre, déjà une goutte d'eau coule et le déforme, dans dix minutes la chaleur va l'effacer. On avait joué dans une pièce, en première au lycée : il en reste des répliques entourées au crayon rouge, et cet éventrement du livre qu'on emmenait partout, pour réviser. On a vécu heureux rue Pastourelle, ou rue Charlot, s'il n'y avait eu la plaque bleue on n'aurait rien su d'eux, et l'on en sait encore si peu…

Des traces. Pas pour l'orgueil de les garder, mais juste les suspendre un peu dans le temps et l'espace, en se disant qu'au fond la trame de la vie c'est ça, tous ces messages qui n'en étaient pas, qui nous viennent d'autres vies, avec toujours en contrepoint la mélancolie légère de ne pas savoir ce qu'on aura laissé soi-même. Sans doute trois fois rien, le sillage blanc d'un avion qui passe dans le ciel, la perfection du soir va le dissoudre.

Philippe Delerm.

COQUE ÉCHOUÉE

Il ne doit pas être loin. Mais il a momenta-
nément abandonné son radeau de survie,
caréné dans un renfoncement du mur, une
porte condamnée. Un duvet, gonflé çà et là de
protubérances difficiles à identifier – qu'est-ce
qui reste l'essentiel, quand on a tout perdu ?
Quelques vêtements, un vieil appareil de radio,
des bouquins ? Oui, souvent on le voit lire, et
s'interrompre pour échanger quelques phrases
avec des passants du quartier. Ça lui fait du
bien de leur parler, ça leur fait du bien de lui
parler. Mais là, c'est son patrimoine qui parle
à sa place. Voilà. Après une vie plus ou moins
longuement normale, on peut se résumer à ça.
Ce n'est pas si difficile de croiser son regard, il
est resté social dans le rapport humain, la syn-
taxe, parfois même prolixe. Mais contempler

cette couette indécise quand il a disparu c'est plus fort, presque insoutenable.

Enfant, je lisais l'histoire de Napoléon. Je m'endormais en devenant un grognard au bivouac, pendant la retraite de Russie. C'était bien d'imaginer la neige tout autour pour se calfeutrer au fond des draps. Presque honte aujourd'hui d'avoir rêvé de ce contraste. La coque abandonnée du SDF ne pourra rien contre le froid. Ne pourra rien contre sa froidure intérieure, sa mouillure indéfectible, la gerçure dure de ses pieds, de ses mains, de ses jours. Il ne s'en va jamais bien loin. Juste peut-être pour gagner l'impression de revenir vers quelque chose, un abri dérisoire, à la forme de son corps ; un peu comme un autre lui-même qui ne peut plus le protéger, mais l'engloutir.

MILLE FEUILLES

Cette mort de l'affiche n'est pas une mort. L'affiche n'est presque jamais arrachée, défaite. Elle a si peu souvent le temps de s'estomper sous l'éclat du soleil, ou même d'être arrachée par les bourrasques de la pluie. Mais elle est recouverte. Le concert rock dépasse sous le festival de musique baroque, résiste encore un peu sous les tracts révolutionnaires collés à la sauvette. Qui est allé le 28 octobre à dix-huit heures à la Mutualité ? Sûrement pas les mêmes qui se sont décidés à venir écouter les Narcissic Lovers à la Maroquinerie le 10 novembre. Mais la plupart de ceux qui ont croisé le regard des affiches n'ont même pas imaginé qu'elles pourraient infléchir une soirée de leur vie. Pourtant, ils ont à peu près déchiffré les noms, les dates, les messages, surtout si le trajet leur était familier. Pourtant, cela leur a fait du bien que ces propositions soient jetées dans l'air de la ville – ils étaient au-dessus, puisqu'ils pouvaient s'en dispenser.

Toutes ces virtualités effacées d'un battement de paupière font la marche plus désinvolte, le chemin plus léger. On a une vie, puisqu'on n'obéit pas à ceux qui voudraient la remplir autrement. La supplication muette des affiches n'aborde même pas les terres du possible. Elle reste dans l'éventuel, et caresse imperceptiblement l'amour-propre dans le bon sens du poil. Oui, vous faites partie des gens que tout cela pourrait séduire. Et c'est bien pour cela que vous ne serez pas tenté.

Parfois cependant l'affiche se décolle. Elle devient plus triste, et cet envers blanc froissé qui bat au vent d'automne parle de solitude, de silence. Juste en dessous, les dates périmées témoignent d'un temps lointain qu'on n'aura pas vécu. Tiens, je n'étais pas là, j'y serais bien allé.

HUMEUR VITRÉE

C'est peut-être la trace la plus évanescente : le dessin que l'on fait sur la buée d'une vitre. Plutôt en train, ou dans une maison, en voiture à la rigueur, mais seulement sur les glaces latérales. C'est trop tentant. La buée appelle le toucher. Dès que le doigt entre en contact avec la paroi, une délicieuse sensation de fraîcheur vous envahit. Le mot que l'on écrit, le dessin qu'on ébauche sont comme un alibi : il faut donner une apparence de sens à ce qui n'est en fait que pur plaisir, toucher pour toucher.

C'est irréversible. Au premier contact, on déchire l'opacité. Seuls les enfants ont des doigts assez fins pour ne pas tout détruire. C'est cela que l'on cherche aussi : retrouver un toucher lointain – mais on n'osera pas comme les enfants souffler sur la surface pour créer un nouvel espace de buée.

Une infime fraction de seconde, c'est mystérieusement doux ; puis, le premier jambage de la première lettre à peine formé, le premier cercle de visage maladroitement esquissé, la mouillure l'emporte, une goutte d'eau dévale la paroi vitrée.

Le mieux, c'est dans une maison abandonnée très froide où l'on pénètre quelques instants, au cours d'une promenade hivernale, écharpe et col roulé. On enlève son gant, et là la marque reste un peu – il n'y aura pas de variation rapide de chaleur, c'est juste une maison de fraude et de passage où la buée reste longtemps sur les carreaux.

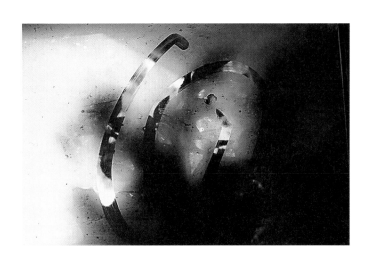

UN CŒUR EN FEU

Au début, on ne le voit pas. Comment un feu rouge aurait-il quelque chose à dire ? Ce n'est pas même un objet. Juste une fonction. Interdiction. La symbolique est claire. Rouge, c'est défendu. Que fait-on à un feu rouge ? On attend. On le toise du coin de l'œil avec impatience. Et puis un jour… Pourquoi là, pourquoi à l'angle de la rue Commines et du boulevard des Filles-du-Calvaire, juste avant la montée vers Oberkampf ? Un jour on ne le guette plus. On le regarde.

C'est ainsi dans la ville. La plupart du temps, on est perdu dans un mélange entre des pensées vagues et la progression familière du trajet. Mais il faut des stases aussi, à intervalles. Des signes du réel qui affleurent pour donner sens à cette portion de vie prise entre deux parenthèses. Ce ne serait pas vivre, si un trajet n'était qu'un trajet. En fait, on se force presque inconsciemment à en faire autre chose, à devenir çà et là ce qu'on voit.

Mais là… On n'en est pas très sûr. Juste au moment où l'on se disait : mais ce n'est pas un rond rouge, c'est un cœur… il passe au vert. Alors on y prête attention, désormais. La deuxième fois, on sait : on n'avait pas rêvé. Rue Commines, mais pas seulement. Quelqu'un a inventé d'aller poser un cache découpé en forme de cœur tout en haut des feux, sur le rouge. Comment fait-il, fait-elle ? À quelle heure ? Au prix de quelle gymnastique ? Comment cela lui est-il venu ?

On ne le saura pas. Mais cela fait du bien, un bien très chaud, cette rébellion pacifique. Au prix d'un exploit solitaire, parfaitement ano-

nyme, quelqu'un a décidé de jouer les illusion-
nistes transparents. C'est si léger, si généreux
et si gratuit, cette part d'humanité souriante et
frondeuse. C'est mieux que Robin des Bois en
forêt de Sherwood. Pendant que certains s'inter-
rogent sur les plus-values, d'autres escaladent les
feux rouges.

NUAGE D'AVION

On prend l'avion comme on prend le train, presque comme on prend le bus ou le métro. Oui. N'empêche. Quand on lève les yeux et qu'on n'aperçoit rien tout en haut du ciel qu'un long panache blanc, l'avion reprend de l'altitude. Ce sillage fourré, doré par le soleil, c'est l'avion vrai, miraculeux, l'avion d'enfance. Le ciel n'en est pas rapproché, banalisé. On peut distinguer si on le cherche vraiment le petit triangle à l'avant, et c'est étrange de penser que cette forme minuscule est à l'origine de la branche neigeuse qui treillage l'espace. Quant à imaginer des hommes installés dans ce jouet, non. Pas même l'idée d'un trajet, d'une destination. La bande molle de coton avance, mais ce n'est pas l'avant qui fascine : plutôt le lent délitement de la traîne. À l'arrière, la fumée de la combustion commence à moutonner, à se dissoudre. Diluée dans le ciel, elle en change la texture, l'adoucit.

Les voyageurs ne voient rien de cette métamorphose. Leur désir de partir se consume au moment même où il s'accomplit. Leur vitesse devient une lenteur floconneuse, leur progression confine à l'immobilité. Rien de plus apaisant que l'idée de ce vrombissement insupportable mué en parfait silence, que ce désir de gagner du temps marié à la volupté d'une imperceptible avancée. Des tonnes d'acier, des moteurs géants, du kérosène, des fuseaux horaires avalés.

Mais si l'on reste sur un banc, si l'on regarde en haut, si l'on contemple là au lieu de se projeter loin, rien qu'un nuage d'avion, si peu pressé de s'effilocher en particules blanches.

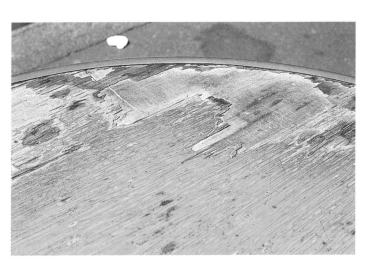

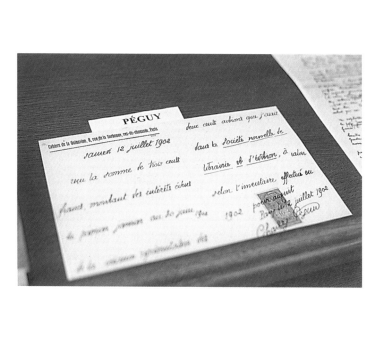

GÉNIE DE L'ABSENCE

Ils ont écrit à des amis, à une époque où l'on rédigeait une lettre comme on donne aujourd'hui un coup de téléphone. Ils ont écrit à leur éditeur, à leur agent, non pour exprimer de profondes réflexions sur l'art, mais pour préciser des questions d'argent, reculer des délais : de courts billets terminés par une formule de politesse des plus banales. Ils ont utilisé un papier à lettres ordinaire, mais qui a pris du prestige à cause du bleu délavé, du blanc jauni ; à cause de leur écriture penchée ; à cause surtout et presque uniquement de leur célébrité posthume.

« Très intéressante lettre de Picabia, agrémentée d'un dessin de l'auteur dans la marge. 500 euros. » Un dessin… Un vague gribouillis, comme on en griffonne en pensant à autre chose.

Mais ce n'est pas cela qui est en cause. Plutôt cette exposition très formelle, cet encadrement sous verre dans la vitrine chic de documents qui n'en étaient pas, qui n'en seraient pas aujourd'hui car on n'écrirait pas pour cela, de billets voués à l'immédiateté de la vie la plus triviale. Bien sûr, c'est de Baudelaire, de Vigny, de Picasso, de Monet, d'Apollinaire. Ce n'est pas pour autant du Baudelaire, du Vigny. C'est même plutôt le contraire : l'aveu d'une normalité qui ne les a pas empêchés d'enfermer ailleurs, dans un autre cadre, un autre espace, la seule chose qui ait du prix : leur différence.

Est-ce pour rêver sur cet écart qu'il faut payer très cher la moindre miette manuscrite ? Prestige de l'écrit ? Certitude de l'identité, à l'évidence : on vendrait mal un paletot de Monet, un caleçon d'Apollinaire. Oui. On est sûr qu'elle est de la main de Baudelaire, cette lettre de lui où il n'est pas.

CARÈNES À L'OS

C'est un coin dans le port, loin des coques pimpantes. Le cimetière des bateaux. Personne ne leur rend visite, mais ils sont là dans le décor, au large de la digue-promenade, à distance suffisante pour que l'on puisse voir se dessiner l'ensemble de leurs silhouettes, image composite ; leur délabrement progressif semble l'enjeu de la marée qui monte, corrosive et salée.

Certains petits chalutiers enfouis dans la vase ont gardé une allure modeste et débonnaire, caboteurs sans cabotinage. Les mouettes les trouvent pratiques, les cabines de pilotage deviennent le carrefour de leurs allers-retours.

Mais les plus beaux sont ceux que le temps a déjà désossés. Les lames de bois sombre sont prêtes à se disjoindre, mais prolongent comme une idée l'envol de la carène, la fluide symétrie qui promettait tous les départs. Immobiles dans l'eau bleue, ils font moins penser aux voyages qu'à l'idée même de voyage. Leur structure fragile est une forme de pensée, celle des charpentiers de marine et celle des marins. Ce ne sont pas des os, ce ne sont pas des planches, mais quelque chose entre les deux, un désir enlisé qui ne renonce pas à son principe, à son essor. Aristocrates au-dessus de leur sort, ils aiment qu'un peu d'eau vienne bouger dans la lumière sur leurs flancs, les révéler et les dissoudre. Au cimetière les bateaux ne sont pas morts.

UN PIED QUI DANSE

Dans Paris la grand'ville, Montaigne le reclus ravi ne pensait pas laisser son pied dansant. Toute une statue en fait, et pas équestre, heureusement. La solennité guerrière n'eût guère convenu à celui qui voulait se peindre au plus loin de la pose, au plus près de cette vérité qu'il « festoyait et caressait en quelque main qu'il la trouvât ». Mais dans cette statue si vivante, où l'homme de Guyenne est assis en plein cœur du Quartier latin, c'est le pied que l'on voit, que les étudiants viennent toucher par superstition avant leurs examens – au point de le décolorer. Le sculpteur y a saisi toute la vivacité de son modèle, le mouvement de sa pensée. Le pied de Michel Eyquem flotte dans l'air. Léger. Pourtant, cet homme-là nous parle de la mort, de son commerce et presque de son amitié.

Mais il sait la danser, d'un mouvement jamais funèbre.

Je ne connais rien au charme des déserts. Je ne sais rien des routes neuves et libres. Je rêve quelquefois du ciel immense découpé tout en haut des tours de New York, mais j'aime vite redescendre, imaginer Woody Allen assis sur un banc de Central Park, si près de ce grillage que les films ont tant montré. S'il abandonne en partant un de ces sacs en papier kraft où les Américains mettent les pommes et les sandwichs, je ne regarde plus le ciel, mais ce papier marron emporté par le vent, j'entends Woody délirer quelques secondes en toute hypocondrie.

Il a peur pour sa vie, parce qu'il n'a pas assez de siècles au fond de lui. Montaigne est à Paris,

Quartier latin, son pied danse dans l'air. C'est tellement plus facile d'être stoïcien quand la route est tracée, implacable mais claire. Immobile et pour toujours, on peut devenir sans crainte un pied qui danse.

BOUCHERIE CADEAUX

On a gardé le cadre d'une boucherie chevaline pour vendre des bijoux. Elle a fière allure, cette mosaïque sur fond beige, le cheval rouge dressé sur ses jambes arrière, piaffant, crinière et queue si noires. L'inscription « Achat de chevaux » juste au-dessus tempère certes un peu cette pétulance. Mais le dynamisme et la qualité graphique du décor l'emportent sur la morbidité. Beaucoup de matière, et la peinture tout autour sur les boiseries n'est plus qu'un rouge chaud, sans rapport avec le sang.

Pour des sacs à main, des accessoires de mode, quoi de mieux que de les sertir dans la boîte pompadourienne d'une ancienne boulangerie-pâtisserie ? Peintures délicates protégées par des glaces biseautées, lettres dorées sur fond noir, scènes agrestes traitées avec une préciosité de roman pastoral couleur Astrée.

Faut-il voir dans ces superpositions étonnantes un aveu de nullité contemporaine, un « c'était tellement plus beau avant » que toute velléité serait par comparaison dérisoire ? Sans doute est-ce un peu plus compliqué. Les décideurs de ces cohabitations vaguement surréalistes ne se considèrent probablement pas comme des passéistes. Plutôt comme des esthètes subtils qui dominent l'avant et l'après pour créer du nouveau. Le snobisme est toujours une exclusion de l'autre. Comment mieux l'exclure qu'en multipliant le présent par le passé ? Il reste que le décor pharamineux, c'était une boulangerie-pâtisserie, une boucherie chevaline. Des boutiques toutes simples de quartiers populaires, qui sont devenus des quartiers chic. Plus modernes encore de revendiquer le luxe simple du passé.

BREMAECK
JAN Bte BY ROSA BO
WEDUWE VAN
JAN Bte DONCH
OVERL DEN 2 APRIL
OUD 78 IAEREN, EN 5 MAEN
ENDE VAN HAERE DOGT
Jwe FELICITA, BARra DONC
BEGYNE EN CHORISTE,
VAN DEZE HOVE
OVERL DEN 7 9ber 1861 OUD 73

UN PEU DE NEIGE DANS LA COUR

Si l'on a choisi de devenir béguine, c'est pour ne rien laisser. Être juste un long voile noir, une coiffe blanche qui passent dans la cour fermée de Bruges. Devenir une lumière intérieure, se confondre parfois avec les jonquilles au printemps, et la neige en décembre. Sourire de la création dans le silence, un frôlement de toile rude sur de lourds souliers noirs. Prier. Décanter le monde jusqu'à n'en garder qu'une transparence éblouie. Se compter pour rien, pardonner à tous ceux qui se croient quelque chose.

Alors c'est étonnant, dans l'église du béguinage, ces plaques de marbre gravées sur le sol. Parfaitement rectilignes, symétriques. Sans hiérarchie bien sûr, mais pas sans présence. Juste en dessous, des rangées de bougies allumées dans leurs coupelles rouges disent qu'on vient penser à celles qui voulaient qu'on les oublie.

Pourtant, elles ont un nom, sur les plaques de marbre. Des phrases donnent des repères, à peine brouillés par le mystère de la langue flamande. Car il y a surtout des dates, de naissance et de mort à l'évidence, mais revient aussi le mot jubilé, et sans doute l'année de la prononciation des vœux. Parfaitement identifiables aussi le mot choriste, le mot béguine. Il y a leur prénom, mais aussi leur nom de famille. Famille bourgeoise sans doute le plus souvent, quelquefois noble, rarement paysanne.

Seraient-elles en colère de se voir ainsi rattachées à la lourdeur de ce qu'elles avaient fui ? Une chose est sûre : leurs familles sont fières de voir leurs noms gravés dans l'église de Bruges. Fières comme si elles possédaient aussi ce qui les dépasse et ce qui les renie. Ce serait tellement

injuste pour les passantes noires et blanches
du béguinage si tout au bout du compte elles
étaient devenues des plaques de marbre gravé.
Tellement trop lourd, tellement cérémonieux.
Mais elles ne sont pas là. Elles sont dans les coupelles interchangeables de plastique rouge où la
mèche s'épuise, où la flamme s'éteint. Elles sont
dehors, dans la cour enfermée. Une jonquille
au mois d'avril, une feuille d'octobre, un peu de
neige.

STATION-SERVICE VÉGÉTALE

Les tourniquets pelucheux roulaient sur les carrosseries, tout gonflés d'eau. Parfois on restait à l'intérieur de la voiture, vitres hermétiquement fermées, pour cette petite peur jubilatoire de voir monter en légers soubresauts le balai perpendiculaire, pendant que les deux latéraux plongeaient l'habitacle dans l'ombre. Et voilà près de cinq ans qu'on a fermé le supermarché. Le lave-automobile est mangé d'herbe. C'était tout dur, tout métallique, tout tendu, frein à main bien serré, roue avant gauche calée contre le butoir. On entendait des roulements intermittents, des aspersions, toute une gymnastique robotisée, toute une complicité hydraulique implacable. L'armature métallique se déplaçait, mais on avait l'impression que c'était la voiture, dans une translation magique.

Comment toute cette agitation forcenée vouée aux chromes, à la tôle, par le truchement des rails et de l'acier, a-t-elle pu laisser place à l'invasion du végétal ? Mais chaque jour qui passe voit progresser les herbes folles. Ce sont elles désormais qui ont les clés. Les pompes ont disparu. Quelques taches d'essence auréolent le béton. Au début, des enfants venaient faire du roller, puis on a jugé l'endroit dangereux. Ce n'est pas un terrain vague : chaque vestige est encore lisible, on peut décrypter pièce à pièce la fonction de ces abstractions laveuses coordonnées à la sécheresse, à l'immobilité. Le soleil couchant vient jouer là dans une lumière curieusement miellée de mauvais rêve. Les peluches arc-en-ciel pactisent avec les graminées dans un espace sans écho. Plus que beau, plus que laid, c'est un ailleurs étrange. Le raffut du passé habite le silence.

PARAVENT DE FAMILLE

En hauteur, en largeur, mais toujours en rec-
tangle, sur fond cartonné gris. Scènes de
vacances souvent, plage ou montagne, baie du
Mont-Saint-Michel, dune du Pyla. Oui, il y a
de la joie. Juste un peu affichée, plus ou moins
mise en scène. Mais les marges sont larges, les
intervalles comptent presque autant que les cli-
chés choisis. Dans les espaces, c'est là qu'est la
vraie vie.

Album de famille, mais pas l'album de votre
famille. L'album d'une famille, découvert un jour
dans une brocante, avec toujours l'étonnement
qu'on puisse vendre ça. On n'est pas indécent en
tournant ces pages. On ne pénètre pas l'intimité.
C'est tellement codifié, cette façon de classer le
passé. Une nostalgie brumeuse, diffuse, habille
le contour de ces instants amidonnés. Parfois il

y a des légendes, on connaît les prénoms. Mais
Lucien n'est pas vraiment Lucien. C'est Lucien
devant la tour de Pise, Solange à la communion
de Marie.

Un cérémonial petit-bourgeois qui n'évente pas
les choses, enferme les personnages dans des atti-
tudes prévisibles. S'il y a de l'émotion, elle vient
avec le sentiment de tout ce que cette solidité
symétrique peut cacher de fêlures, de blessures,
de non-dits. On ne sera jamais trois jours après
la séparation de Louise et de Michel, deux jours
avant la mort de Jacques. C'est un paravent de
famille, qui ne se cache pas de jouer sa comé-
die. Noël, visite de Joseph, voyage en Italie.
Vacances. Vacances. Vacance. Le ciel gris pâle
est donc toujours en bleu. Cela finit par être courageux. Pas de lézarde au mur, pas de faiblesse.

BLESSURES DE TABLE

— Tiens, on va se mettre là, au soleil, c'est sympa…Toutes les phrases seront vouées à l'instant, à la lumière, à la température, à l'atmosphère du quartier, au choix d'une bière ou d'un verre de vin pour accompagner la tarte chaude. Pas un mot sur la table. Pourtant, c'est elle qui commande, parce qu'elle est blessée. Toutes ces entailles de couteaux, ces piqûres de fourchettes, ces effritements de peinture, c'est la vie. On a glissé des sets en papier qui battent au vent, tenus par les verres, les couverts. Mais c'est bien de voir toutes les marques des repas qu'on n'a pas pris soi-même. Au fond, c'est ça qui fait la différence entre déjeuner dans un restaurant ou dans un bistro. Au bistro, on n'efface pas les autres, on est avec. Renverser un peu de bière, un peu de vin ne sera pas une mini-catastrophe.

La table est sèche, mais imbibée. Elle accepte tout, s'imprègne de tous les écarts, fière de sa matité. Pour rien au monde elle ne voudrait revenir au cauchemar du formica, la morale indécente du tout glisse et tout s'efface. C'était un autre temps, quand la simplicité avait honte de ses scories.

Maintenant la table se revendique elle-même sans complexe. Elle veut garder les traces. C'est une table pour s'accouder, pour faire fi des usages pincés. Une table pour s'attabler, avec ses commensaux bien sûr, mais aussi avec tous ceux qui les ont précédés. Des coups comme des rides, une expression sur un visage ancien qui se mêle à ceux du zinc si proche. La vie râle, rigole, balafrée. Les verres et les assiettes s'entre-choquent.

À DÉGAGER

Ils ont été au centre de la fête. On leur a réservé une place bien en vue, pas tout à fait en coin, dans le salon ou la salle à manger, la pièce à vivre. On a déploré souvent leur légère dissymétrie ; d'un mouvement courageux des mains, au milieu des épines, on leur a donné du volume, et c'est vrai qu'ils symbolisent l'envie même de célébrer Noël – on entend souvent quelqu'un dire : « Oh moi, cette année, je ne fais pas de sapin ! » et cela sonne toujours comme une défaite de la vie, les enfants ne peuvent pas venir, à quoi bon un sapin, je suis toute seule, depuis la mort de Jacques je n'ai plus le goût. On a hésité pour la décoration – bois mat, à la scandinave, ou tout en blanc, et finalement, traditionnel, beaucoup de boules rouge et or, et que ça brille.

Mais plus question de briller désormais. La grisaille de début janvier noie les rues, l'hiver long commence, sans contours, sans attente. En quelques jours les rois chauds et brillants sont devenus des encombrants indésirables. On les faisait gonfler, on ne veut plus que les réduire. Entortillés dans du papier collant, ils se retrouvent bâillonnés sur les trottoirs, dans une promiscuité expéditive – c'est la semaine où l'on a le droit de s'en débarrasser. On l'a acheté en douce, sourire aux lèvres, sûr de son effet : « J'ai acheté le sapin ! » On le jette sans commentaire, avec une petite pointe de remords, surpris de voir qu'il y en a tant déjà, décoiffés, rétrécis, mutilés pour bons et loyaux offices, au service après-vente de la joie.

LES AILLEURS ASSOUPIS

Hôtel d'Argentan. Hôtel de Besançon. Hôtel de Poitiers. Parfois, ces patronymes sont situés près d'une gare promettant leur destination. Ils sont alors sans sel, dépouillés de tout mystère, idéalisant maladroitement une province à laquelle ils échappent et dont ils dépendent.

Mais heureusement, on les découvre la plupart du temps dans un lieu incongru, sans lien géographique, et c'est tout autre chose. L'hôtel de Besançon pourrait devenir un havre de paix, une enclave en retrait, offrant au client de passage une rigueur sans chichis, un ancrage dans des rites agréablement désuets – on y pressent le suranné de murs tendus de papier peint motif toile de Jouy, la fraîcheur nette de draps de coton vite tièdes à la joue.

Au petit déjeuner, quelque chose de Besançon viendrait s'insinuer dans la fumée du café chaud, le beurre des tartines. Quelque chose d'un Est tranquillement continental, trop éloigné des frontières pour évoquer une atmosphère singulière, assez authentique pour installer un bourrelet de protection contre l'acuité du présent. Le patron serait peut-être de Besançon, ou bien l'ancien patron. Il n'en parlerait pas, mais à son assurance paisible dans la façon de déambuler entre les tables, on songerait qu'il vient de quelque part.

Quand la rue du Faubourg-Poissonnière monte, l'hôtel d'Amiens propose une demi-échappée vers le nord. L'idée de cathédrale ? Plutôt ces terres lourdes ensommeillant l'espace tout autour dans les brumes d'hiver, des corneilles sur des labours, la solitude vague de la Somme.

Car ce ne sont jamais des pics d'identité, Bordeaux, Marseille, Chamonix. On reste dans le tapioca, l'indécision grumeleuse et molle : Amiens, Besançon, Montluçon, Argentan. On sent qu'on peut dormir à l'intérieur, protégé, assourdi.

En même temps, à l'époque des chaînes hôtelières aseptisées, pratiques, où l'on sait bien ce que l'on va trouver, il y a dans ces noms à l'ancienne une chance d'identité, dans un Paris à la Maigret. Je m'en souviens. J'avais dormi à l'hôtel de Poitiers.

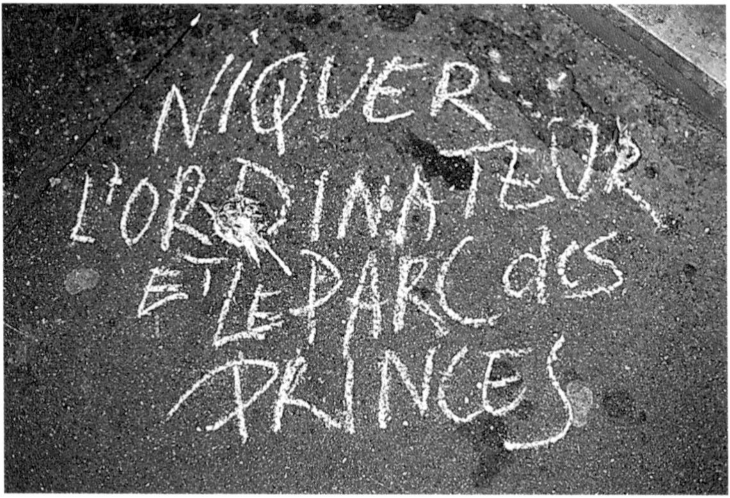
NIQUER
L'ORDINATEUR
ET LE PARC des
PRINCES

MORALES MURALES

C'est drôle. Nous qui sommes si rétifs aux sentences des hommes politiques, des religieuses, des moralistes de tout poil ; nous qui nous insurgeons contre les commentaires des journalistes, les jugements des critiques ou ceux des professeurs, pourquoi sommes-nous d'emblée en adhésion avec les phrases laissées sur les murs, en graffitis ou au pochoir ?

C'est comme si ces assertions-là avaient pour elles une virginité de l'intention. Elles ne s'installent pas dans une stratégie de possession. Du coup nous sommes prêts à leur attribuer profondeur, évidence. « Nous ne possédons rien. » Si quelqu'un disait cela dans notre entourage, nous le trouverions à la fois pompeux et simplet, philosophe sullyprudhommesque. Mais la clandestinité du message, son esthétique subversive modifient la qualité de son contenu. En lettres de sang sur ciment dur, la pensée devient respectable. Son anarchie en fait l'autorité.

Nous ne possédons rien, ou, comme disait plus subtilement Guillevic : « Nous ne possédons rien qu'un peu de temps. » Mais au cœur de la ville, sur les murs sales, l'heure est moins à la subtilité qu'à une sorte de remords. La sentence nous prend en faute. Elle ne dit pas ce qu'elle dit, car elle s'adresse à nous comme un reproche : vous aviez oublié que nous ne possédons rien. Vous aviez oublié que la nature est morte. Les messages des murs sont parfois pornographiques, racistes, ou politiquement primaires. Mais dès qu'ils abandonnent les territoires de la frustration pour dénoncer notre rapport à l'existence, nous leur trouvons un goût amer de vérité. Oui, nous avions oublié.

Rue de Verneuil. À l'est du VIIe, presque silence, tranquillité opulente, un univers semblable à ce que dit Gide à propos de la famille : « monde clos, porte refermée ». Le poids rituel des fortunes immobilières, l'anonymat de l'argent retiré. Et tout au long du mur de l'hôtel particulier, cette explosion de graffitis, si chatoyante et si délimitée.

Chez Gainsbourg. Toutes les phrases n'ont pas la virtuosité métrique de leur dédicataire. Certaines sont carrément nounouilles. D'autres, émouvantes, témoignent d'un long trajet, d'une longue envie, d'un attachement qui dépasse la dévotion basique du groupie. Une façon d'être dans le monde est saluée, au-delà de la dichotomie Gainsbourg-Gainsbarre. Certaines recherches esthétiques manifestent le désir d'être à la hauteur – au niveau de ce que Gainsbourg a représenté.

Mais avec quelques pas de recul, les couleurs un peu salies, l'essence libertaire, non pas de ces messages, mais de leur principe – gribouiller sur tout un pan de la rue de Verneuil, temple de la bourgeoisie glacée –, donnent à ces quelques mètres une tonalité révolutionnaire que le propriétaire des lieux n'eût pas désavouée. Le plus étonnant dans l'affaire, c'est le respect voué par les pouvoirs publics à une expression qui lui est doublement hostile, par la personnalité de l'honoré et par la forme de l'hommage. Mais c'est ainsi. Des instances compassées ont décidé que Gainsbourg valait le respect de cet outrage au conformisme. Est-ce la rue de Verneuil qui récupère Gainsbourg, ou Gainsbourg qui récupère la rue de Verneuil? Les deux, sans doute. Mais les graffitis de banlieue sont tendres au coin du quartier froid.

Et lorsqu'il, jusqu'à ... c'est pour ... mont à moi que tu parles. Plus loin, il y aura la neige du temps. On rattrape une aquarelle qui se nomme "comme une neige".

~~Une~~ Une main derrière les nuages ... en voie sur la terre, une neige de couleurs, une neige de fleurs, une neige d'étoiles. Comme tout se rejoint, mystérieusement.

Pourquoi le bureau de temps déménagement, ce matin, me suis-je mis à l'écrire, une feuille de papier? Toujours pourquoi?

était-il à cause d'un sous mes yeux? Pourquoi dans un livre, et non sur pourquoi on se demande Mais il y a peut être une réponse.

DES MOTS DANS LE SILENCE

Juste avant de mourir, Folon m'a envoyé un livre. Les paquets de Jean-Michel Folon ne ressemblaient pas à ceux qu'on trouve dans la boîte aux lettres d'ordinaire. Ils étaient affranchis avec des timbres de Folon – dix timbres de Monaco à un euro onze cette fois-là, une main qui se tend vers une autre main, des tons orange et bleus, et ces quelques mots tout en bas : 6e biennale de cancérologie. Pas une ironie du sort. Pas un hasard non plus.

Dans le paquet emballé de papier brun, un livre toilé beige, format carré, et seulement ces mots : Folon – Aquarelles. En entrouvrant l'album, j'ai cherché une petite dédicace. Mais il n'y en avait pas. J'ai d'abord vu des taches en face des reproductions, surpris de découvrir des imperfections aussi sommaires dans un livre si beau. Les messages trop forts on ne les reçoit pas tout de suite, on ne les comprend pas. Il m'a fallu quelques minutes pour comprendre le sens de ces bavures d'encre. Et puis tout d'un coup cette évidence : pour une fois, les aquarelles de Folon ne volaient pas dans le silence. Il y avait des mots partout dans le ciel et la mer des images, autour des personnages en pardessus et en chapeau. Ce n'était pas un album, mais une lettre-livre, écrite au stylo un peu baveur, qui a laissé des traces autour des images. Dans les images surtout, dans le cadre aérien de cette amitié qui nous a liés au fil du temps. Il y a là des mots seulement pour moi. Par contre, je peux livrer ceux-ci : « Pourquoi je t'écris ? Et pourquoi dans ce recueil d'images ? Je n'ai pas d'autre papier dans la maison. Je déménage. On va démolir le Palais de la plage. »

Oui. Jean-Michel allait partir, bien au-delà du
Palais de la plage, dans cet ailleurs que ses toiles
ont si doucement révélé, dans ces toiles si mysté-
rieuses et proches où je peux encore le suivre et
presque le toucher.

Effleurer l'encre d'amitié. La dernière lettre.

AUJOURD'HUI
BAVETTE À L'ÉCHALOTE

Aujourd'hui. C'est difficile de croire à aujourd'hui. La ville est tout le contraire. Des rues, des places faites pour durer au moins le temps d'une vie. Le trafic, la rumeur du trafic, une buée qui monte dans l'air, estompe les contours. Et puis tout d'un coup « aujourd'hui bavette à l'échalote ». La bavette, une viande un peu filandreuse, mais qui peut se révéler tendre. Et l'échalote. Rien qu'en disant le mot, on entend le son du couteau qui tchakatchaque sur le bois du plateau. Un savoir-faire à portée de main. Pas difficile de se laisser tenter par une bavette à l'échalote.

Mais tout autre chose de se laisser porter par « aujourd'hui ». Choisir le plat du jour. Il y a là comme une humilité conciliante : « Oui, un plat du jour, après tout ! » C'est obéir aux autorités restaurantes, soit. Mais surtout se mettre à l'amble d'aujourd'hui. Ce que le choix d'un pull ou d'une veste, et moins encore la lecture d'un journal du matin, n'avait pas réussi à singulariser, l'adoption d'une bavette à l'échalote va l'imposer, dans une rondeur mitonnante qui ne se la joue pas, mais emporte bientôt d'autres suffrages, « Allez, moi aussi, pourquoi pas ? » On sera plusieurs à communier dans l'aujourd'hui. Le plat, mais pas seulement. Le geste du patron qui le matin a tracé à la craie sur l'ardoise ces signes cabalistiques pour arrêter le temps. Bavette à l'échalote le 18 octobre. Boudin aux pommes le 19. Et le 20, entrecôte bordelaise. À chaque fois, un infime effritement de craie délite en particules microscopiques l'éponymie du présent. Merci à cette main qui tient la craie. C'est pour qu'il n'y ait jamais de jour à accident, à cancer, à malaise. Pour que le jour soit déjà plein, fermé sur une certitude courtoise et suffisante. Aujourd'hui, c'est bavette à l'échalote.

SOUVENEZ-VOUS

Aimer. Lire. Se souvenir. Certains verbes supportent mal l'impératif, Madame de La Fayette, Pennac et Proust nous l'ont appris. On sait ce qu'il en est pour la mémoire. Certaine petite madeleine s'est effritée dans un coin de notre cervelle pour nous dire que seule la mémoire involontaire peut nous redonner l'intensité des sensations englouties.

Les plaques évoquant les enfants juifs déportés posées un peu partout sur les écoles, les lieux de rafle, devraient donc nous prendre en défaut. Elles sont de plus situées dans des quartiers si vivants, étourdis de leur effervescence…

Pourquoi nous touchent-elles cependant? Peut-être à cause de l'incessant déferlement des œuvres de fiction, romans et films, qui n'en finissent pas, plus de soixante ans après, de jouer sur le pouvoir de l'Holocauste. Il y en a trop, mais il y en a toujours, puisque ça marche, que le sujet – pardon – reste juteux, rentable. Tant d'images et de mots édulcorants par le principe même d'aborder les choses – du gore des *Bienveillantes* à la cucuterie de mainte et mainte dramatique télévisée.

Et tout d'un coup, contre le mur... Juste un nombre d'enfants morts. Une date. Rien à consommer, aucun marché, aucun commerce. Alors notre capacité à sentir la Shoah s'éveille, s'extirpe de cette gangue nauséeuse de produits manufacturés où elle perd chaque jour de sa force. Un ordre. Souvenez-vous. L'impératif nous saisit de plein fouet, aux angles droits de la plaque gravée. Dans l'école, ça doit être la récré, on entend une rumeur derrière les murs, une bouffée de vie, de joie, qui souligne si bien l'étendue du silence.

À LA MÉMOIRE DES ÉLÈVES
DE CETTE ÉCOLE
DÉPORTÉS DE 1942 A 1944
PARCE QUE NÉS JUIFS,
VICTIMES INNOCENTES
DE LA BARBARIE NAZIE
ET DU GOUVERNEMENT DE VICHY.

ILS FURENT EXTERMINÉS
DANS LES CAMPS DE LA MORT.

PLUS DE 500 DE CES ENFANTS
VIVAIENT DANS LE 10ème

NE LES OUBLIONS JAMAIS

25 NOVEMBRE 2000

MADAME EST MORTE

Un vieux « Masque noir » à couverture jaune épaisse, sur l'étal d'une brocante. Le titre *Madame est morte* est attirant, appelle un humour plutôt britannique. Pourtant, la page de garde propose des références scandinaves : « Madam är död. Traduit du suédois par Ara Roussel. » À côté, quelqu'un a écrit au crayon : « Et les autres, dans l'ensemble, sont assez "souffrants". » Le scripteur destinait probablement son commentaire à une personne de son entourage susceptible de lire le roman. Pas à un très proche toutefois. Quelle eût été l'utilité d'un message écrit ?

Ce qui est étonnant, c'est de voir à quel point ce simple message au crayon à papier transforme l'essence du livre. On n'achète plus un vieux polar au hasard, mais un livre qui a une histoire de lecture. L'ajout crayonné pourrait être dis-

suasif. « Les autres dans l'ensemble sont assez
"souffrants". » Le commentateur a voulu signa-
ler à l'évidence une hécatombe qui lui parut exa-
gérée. Mais davantage que sur la justesse de ses
jugements littéraires, on s'interroge sur ses moti-
vations. Il souhaitait faire de l'esprit. Vouloir
laisser une trace de ce genre d'esprit manifeste
un contentement de soi qui dépasse la moyenne.
En même temps, il maîtrisait mal le public vir-
tuel qu'il espérait rencontrer. Une belle-fille,
un neveu risquaient de saisir un jour le volume
dans le rayonnage de la bibliothèque. Un petit-
fils après sa mort, peut-être. Mais c'est moi dans
une brocante. Le fait que le bouquin se retrouve
ainsi livré à des acheteurs de hasard privilégie
une thèse un peu plus triste : je serais le premier
à lire le message, considérablement différé. Du

coup j'imagine un personnage suranné, plutôt un homme, habitué dans son domaine à juger et à trancher. Les guillemets autour de « souffrants » jouent leur rôle. Quelqu'un qui se sait gré d'user de la litote.

J'ai souri en découvrant la phrase au crayon. En même temps, je ne peux m'empêcher de constater qu'elle m'ôte toute envie de lire le roman. Mais ce n'est pas grave. Un euro pour ce rapport en abyme avec un polar, ce n'est pas cher. À qui vont les mots qu'on écrit ? Où vont les livres ?

FÊTE BRIDÉE

Quelque chose. Il va se passer quelque chose. C'est prévu. On sait déjà que le public va se grouper, qu'il y aura une envie. Quelque chose à interdire et quelque chose à autoriser. Les liens de plastique rouge et blanc entourant les barrières ont l'officialité des responsabilités communales et la presque abstraction des événements qui vont très vite à s'inventer, à se défaire.

Passage d'une course cycliste ? C'est le sommet du contraste entre le sérieux de la préparation et l'évanescence du spectacle. Dans un bruissement d'abeilles, un peloton filera en quelques secondes sous les yeux des badauds rassemblés depuis des heures. Mais il y a tant d'autres possibles, du concert rock à la brocante, à l'émission de télé en direct. L'essentiel est de l'ignorer encore, de supputer des prémices de fête dans ce janséniste enchevêtrement de barrières grises métalliques. Hypocrites. Elles sont là pour canaliser la liesse avant même que l'idée de liesse n'ait germé. Quelque part des édiles pensent au plaisir du peuple, à sa docilité, des gendarmes maîtrisent ses éventuels débordements, évaluent, protègent. Ils savent ce que les gens vont aimer. Bien sûr on va se laisser faire. Questionner les commerçants, les passants. Ah bon! c'est pour samedi seulement!

Les barrières grises ne sont pas inhumaines. À claire-voie, on peut glisser le pied, à défaut d'étaler la jambe. Juste ce qu'il faut de hauteur pour que le corps jubile sans passer la frontière. On a prévu que le public s'esbaudisse sans perturber. On a jaugé l'ampleur de l'enthousiasme.

Vraiment on ne pouvait trouver plus atone, plus austère, plus pratique. Une batterie déguisée de forceps pour accoucher de la convivialité.

CANDIDATURE

Une forme d'humilité, de naïveté, presque de candeur émerge curieusement de l'affiche politique. Le « Oui je me déclare candidat, oui je revendique la nécessité d'apparaître partant » semble moins le stigmate d'un ego surdimensionné qu'une acceptation raisonnable d'y aller, et donc de jouer le jeu.

Il faut le regard en face, le sourire résolu mais pas trop éclatant, un habillement banal, un slogan passe-partout dans sa façon même de chercher l'accroche, la nouveauté.

Alors, quand les couleurs pâlissent, quand d'autres affiches commencent à recouvrir le sourire de circonstance, toute cette ambition raisonnable prend en quelques jours un étonnant coup de vieux. On dirait les images agrandies d'un ciné-roman suranné. Oui, j'ai voulu vous séduire mais vous n'y avez pas vu malice, d'ailleurs vous connaissez le résultat. Si j'ai été élu, toute cette propagande plutôt franche du collier n'était après tout que le prix à payer. Si vous n'avez pas voulu de moi, c'est autre chose. Mon sourire délavé va flotter par les rues dans la chaleur étale de l'été. Survivra-t-il aux bourrasques d'automne ? Sans doute pas, et c'est bien mieux ainsi. Non que ma défaite ait été honteuse. Mais je n'aimerais pas que survive indéfiniment cette crispation conformiste du désir qui m'a servi d'identité au printemps des espérances électorales. Que la pluie vienne et dissolve lentement la benoîte posture qui me gênait un peu. Il y a toujours du ridicule à être candidat.

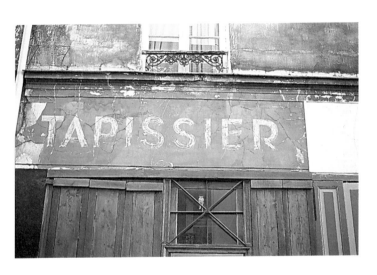

LE BON RÉSEAU

C'est la vie des autres. Ils ont des codes, des rites qu'on ne connaîtra pas. Ils laissent des messages, sur des bouts de carton, sur une ardoise, dans la vitrine ou sur la porte. La formulation est désinvolte, ceux qui sont concernés comprendront, et les autres ils s'en fichent. Les autres. On fait partie des autres. On sourit un peu jaune. C'est toujours comme ça. La convivialité dont on est exclu devient la plus tentante.

Ils n'ont même pas besoin de passer des SMS, de s'enfoncer dans la technologie. Leurs rapports sont encore à l'ancienne, des rapports de quartier, de présence physique, des rapports d'habitude.

Ils passeront à la boutique. Ils comprendront. De toute façon, si l'on n'est pas là, c'est qu'on n'est pas bien loin, là où ils savent. Une place en été, un bistro en hiver, ou bien à la boulangerie. Pas d'inquiétude dans tout ça. Si on se manque, ça sera pour la prochaine fois. Des initiés du quotidien qui se cherchent et se trouvent sans effort. Pour le boulot ou la détente, on ne devine pas trop. C'est comme si le boulot et la détente étaient au fond la même chose, une trame d'humanité, un métier à tisser de la complicité. Ceux qui communiquent comme ça se moquent de l'argent, de la réussite sociale, des officialités mondaines. Ils ont choisi le bon réseau, le bon braquet. Leurs bouts de carton savent vivre. À tout de suite et c'est tant mieux, sinon à demain, c'est pas grave.

8OH3O

Vendred..

Nous, on

est sur

plac..

le chat la vache

la

St-Marthe

.. Villa..

LOURDS LÉGERS

Parfois il y en a cinq ou six, rose, blanc, bleu, à côté de la petite flèche qui indique la direction, avec juste l'inscription : Maud et François, Marie-Hélène et Jean-Pierre. Fiançailles. Mariage. Quand ils sont bien ronds, c'est que la fête est toute proche, la veille, le jour même. Comme un faire-part en transparence. Des ballons. Un jour qui compte mais ne pèse rien. Tendu, pourtant. Même sans s'approcher, on croit sentir sous les doigts cette agaçante vibration grinçante du caoutchouc gonflé. Sous l'évanescence pastel, ils indiquent un itinéraire.

Curieusement, ils soulignent la lourdeur d'une organisation que leur candeur voudrait voir envolée. Le choix du lieu. Terrain neutre, ou maison de famille ? Des discussions. Des tergiversations. Une diplomatie obligatoire, pas mal de concessions et de rancœurs. Maud et François ont résisté à tout cela, en ont gardé parfois des cicatrices. Mais le jour J doit être lisse et gonflé de lumière. Voulez-vous suivre le chemin du bleu ciel et du blanc – souvent il n'y a que deux ballons, un par protagoniste ? Tiens, ils ont de la chance, ils vont avoir du beau temps. Mais bien souvent, on passe après, les lettres se sont délavées, on déchiffre à peine les prénoms. Les ballons se sont dégonflés, fripés, ratatinés en rides étoilées tout près du nœud.

On n'envie pas trop ceux qui suivent les flèches, en habit compassé, quand le soleil de juin invite à la maraude buissonnière. Ils vont vers un lieu qu'ils ne connaissent pas, où tout dans l'expression de la joie sera pesé, codé, si prévisible. Trop de paroles, de la musique pour danser, des tris-

tesses à ménager. Maud et François ont rêvé que leur vie soit une vie d'ensemble. Ce ne sera pas ce jour-là. Plus tard ? Ailleurs ? C'est seulement quand les ballons sont dégonflés qu'on peut suivre une flèche.

SOUVENIRS PROGRAMMÉS

Pour du théâtre. On veut savoir la distribution. Avoir quelque chose à lire en attendant le lever de rideau. Le point de vue du metteur en scène. Les critiques positives, on les a lues dans le hall d'entrée, histoire de gonfler à l'avance l'importance de la soirée. Mais pour des concerts surtout. Là, c'est pendant le spectacle qu'on a lu le programme. Avec un intérêt objectif, mais souvent aussi, pourquoi le nier, afin de savoir si c'est bientôt fini. On a beau aimer la musique interprétée, il y a tant de choses irritantes au concert, on se sent toujours béotien devant ceux qui savent à la perfection quand il ne faut pas applaudir, on trouve toujours étrange l'attitude de gens – des hommes surtout – qui se sont endormis plusieurs fois mais veulent que la fin soit un triomphe.

Parfois, par contre, dans une petite chapelle, on est enthousiasmé par un groupe différent, Zarabanda, un concert-spectacle « baroco-foisonnant », on est cinquante spectateurs – combien sans la famille des musiciens ?

On garde les programmes. On les retrouve dans la poche d'une veste. On ne les jette pas. On les glisse dans le tiroir du bureau, on les mêle aux factures, aux cartes postales, dans le plat rond, sur le buffet. On ne concerte pas le désir de les retrouver. Ce sont eux qui semblent réapparaître d'eux-mêmes à la surface. Ils disent beaucoup plus de choses que les noms, les dates, les photos. On y retrouve le bleu de la nuit un soir d'été sur le port de Dahouët, les boules des hortensias dans la pénombre, juste avant de monter à la chapelle. Un autre soir étonnant, à Valence

"Est-ce ainsi qu...

"La Calle 92" d'Astor Piazzoll...

Deuxième Suite des Quatuors parisiens de...

"A flower" de John Cage...

Branle de la torche, Renau...

"Lo hadi aingürüa", tradi...

"Lettre à l'éléphant"...

Sonate IV...

d'airs...

Dinan
Du 7 juillet au 30 septembre 2007
Tous les jours de 10h00 à 18h00
Nocturne le mercredi jusqu'à 22h00
Centre de Rencontres Économiques et Culturelles

...ise-Lautrec
...n scène
...x boudoir

La compagnie

ZARABANDA

présente son nouveau

Concert spectacle

baroco foisonnant

Le cri du roseau

Mise en scène

Loïc...

d'Agen. Les Baladins en Agenais avaient joué *Le Chien du jardinier* de Lope de Vega. Au début, les comédiens devaient couvrir le vacarme d'un rideau métallique qu'un quincaillier baissait. Mes parents étaient là, Vincent était petit, il avait fait si chaud l'après-midi. Des spectacles vivants. Les programmes endormis réveillent quelques miettes tout autour. La vie.

L'ANNÉE DU BAC

Ces livres-là sont différents. On a avec eux un rapport physique plus intime et plus souple. Leur compagnonnage est de quelques mois, parfois un an. On doit jouer dans la pièce, et la première échéance – souvent la seule – est déjà fixée. La couverture, l'esthétique de l'objet comptent moins que d'habitude, parce qu'on se les approprie comme un stylo, un portefeuille, une brosse à dents. On ne les regarde pas de l'extérieur. Ils sont une fonction. Je ne sais pas encore mon rôle. Il faut que j'apprenne mon rôle.

Bien sûr, on a lu la pièce. Bien sûr, on va finir par être obligé de connaître toutes les autres répliques, mais on découvre d'abord le texte en diagonale, en cherchant la récurrence de son personnage. Oh là là, page 164, j'ai une de ces tirades !

Sur le livre de théâtre, on écrit, au crayon parfois, pour supprimer un passage, penser à un jeu
de scène ; on se dit qu'on gommera après, mais
on ne le fait jamais. D'ailleurs souvent on sur-
ligne au Stabilo. Ce n'est pas manque de respect,
mais signe d'appropriation. On incorpore, on
a besoin de contraindre le parallélépipède rec-
tangle, de l'arrondir, de le réchauffer, de le poser
un peu partout, à côté de soi dans la cuisine en
épluchant des patates, au bord de la rivière pour
un pique-nique au mois d'avril – plus que deux
mois avant la représentation !

Il faut que les pages soient cornées pour appri-
voiser la peur, l'attente. Le jour J on est pris de
panique tout d'un coup. Tu n'as pas vu mon
livre ? Je l'avais posé là, sur la petite table, dans
les coulisses ! Et quand la pièce est terminée,
c'est tout juste si on pense à le reprendre.

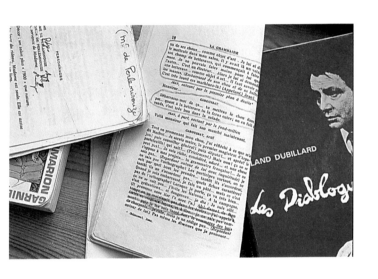

Et puis, beaucoup plus tard, on le retrouve. Dans la bibliothèque, il n'a pas la même reliure que ses congénères. Il a vécu autrement. Ces balafres familières… J'avais barré, mais finalement, j'ai joué toute la tirade. Ma mère disait que c'était un trop grand rôle pour l'année du bac. C'était bien, le théâtre, cette année-là.

Labiche et Ionesco, Molière et Dubillard, comme j'étais amoureux quand on a joué *Le Chapeau de paille d'Italie*! *La Cantatrice chauve*, ah! oui, j'ai failli redoubler. Juste après *Les Femmes savantes*, on a déménagé.

JUSTE DES NOMS

Rue Charlot. Financier qui y fit bâtir plusieurs maisons, au XVIIe siècle. Rue Pastourelle, du nom de Roger Pastourel, propriétaire en 1331. 1331… L'immeuble sur lequel est apposé l'écriteau n'a rien du XIVe. Un verre dépoli très 1960… Le commentaire est clair toutefois. Il est destiné en petits caractères à ceux qui voudraient absolument savoir qui étaient Charlot, Pastourel. Le postulat, c'est qu'on les a oubliés. Au demeurant, les termes financier, propriétaire n'illuminent pas leur mémoire d'une aura fascinante. Leur présence sociale, conséquente à leur époque – et vouée au monde de l'immobilier, ce qui les noie déjà ton sur ton dans la matière même d'une rue –, leur a-t-elle permis de traverser les siècles ?

C'est plutôt le contraire. Vivre rue Charlot, rue Pastourelle, s'y donner rendez-vous, y avoir des

souvenirs, c'est donner à sa propre existence
une liberté particulière, parce que ces noms ne
veulent plus rien dire, ne pèsent d'aucun poids.
Bien sûr, on ne pense pas vraiment à La Boétie,
à Pasteur, à Linné, quand on emploie ces noms
pour parler de sa vie. Bien sûr on glisse intention-
nellement sur ce qu'étaient Magenta, Friedland
ou Rivoli. Quand même, il en reste un infime
quelque chose, une petite idée scientifique, lit-
téraire ou guerrière qui s'infiltre imperceptiblement dans le tissu de nos jours.

Avec Pastourelle et Charlot, la sonorité des syl-
labes est de pure convention. Ce sont des rues
qu'on aurait fait semblant de baptiser pour
leur donner l'apparence d'un patronyme, une
officialité virtuelle. Pastourel et Charlot sont
tout sauf financier, propriétaire. Pastourelle et

Charlot, deux années de jeunesse, une chambre au sixième, l'appartement d'une grand-mère, on regardait Zorro le mercredi après-midi. Au 3, rue Pastourelle, au 17, rue Charlot.

« Il a été enterré au Père-Lachaise. » Quelles que soient les circonstances de la mort, c'est une phrase rassurante. Peut-être secrètement parce que dans « Père-Lachaise » on oublie le caractère religieux de « père », et que l'on pense malgré soi à un accueil familial, protecteur. Mais c'est aussi la célébrité du cimetière qui est en jeu. Au Père-Lachaise, on ne peut être complètement oublié. C'est ce qu'on se dit en lisant les journaux, en écoutant la radio, en regardant la télévision.

Une promenade dans les allées du Père-Lachaise dissipe vite cette impression. Les signes d'effacement y rivalisent sans effort avec ceux de la pérennité. Pourtant, le burin avait dû attaquer la pierre en profondeur. Mais toutes les étapes de la disparition dessinent les limites de la mémoire : émouvante quand il faut deviner les noms, d'un romantisme plus nostalgique quand les mousses, les lichens ont commencé à l'emporter, et mènent quelquefois jusqu'à l'abstraction complète d'un volume rendu à l'anonymat.

Évidemment, il y a les rites rock des célébrateurs de Jim Morrison, mais ils commencent à se raréfier. La tombe de Proust ne parle guère, avec son marbre noir et froid – c'est plutôt rassurant de savoir qu'il n'est pas là. Mais les monuments les plus dérisoires sont ceux qui résistent le mieux au temps : une statuaire qu'il est difficile de ne pas juger kitsch détache dans le ciel d'été les traits hardis de personnages tout à fait anonymes. Nul doute qu'ils aient eu leur heure de gloire. Mais aujourd'hui ils font davantage pitié qu'envie, avec leurs certitudes bravaches. On préfère les

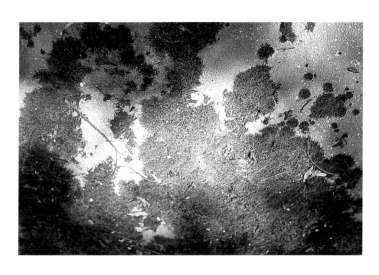

alignés modestes des cases d'incinération, les tombes toutes simples qui ont juste la chance de prendre un peu d'ombre sous un marronnier, quand le jardin descend vers la rumeur si proche de la ville.

FIN D'ARTIFICE

Ils sont fermement accrochés au clou planté dans le bois. Mais ce n'est pas pour ça. On ne les a pas oubliés. Parfois, quelqu'un qui passe dans le jardin demande : « Qu'est-ce que c'est ? » On ne se contente pas de lui répondre : « Des feux d'artifice. » On se met à parler de la fête. La fête. La réponse commence par : « Chaque année… » C'est comme si le jardin entier était conçu pour un seul soir, une seule fête. Évidemment, on ne fait pas seulement un feu d'artifice. Mais on glisse rapidement sur les chansons et les sketchs dans la grange. Par contre, un luxe de détails accompagne les conditions du tir. Quelquefois, on a dû jouer avec la pluie, attendre à peine qu'il fasse nuit. D'autres fois, des enfants réveillés dans les maisons proches ont applaudi. Plus souvent, un voisin plus lointain a hurlé d'une voix de

rogomme : « C'est pas bientôt fini, là-d'dans ? »,
et ça sonnait tout drôle, l'année où Frédéric avait
accompagné le feu d'artifice en jouant des suites
de Bach au violoncelle.

Un feu déjà tiré. Un bout de carton défraîchi, noi-
râtre sur les bords, pas tout à fait collé contre le
bois – d'une pichenette, on peut encore le faire
tourner. Chaque fois qu'on tond l'herbe, on enre-
gistre sans s'y attarder la présence de ce signe. La
pluie, la grisaille et le vent n'y peuvent rien. Il y a
eu un soir, à la fin de l'été. La sangria coule juste
ce qu'il faut pour qu'on se sente au chaud de l'intérieur. Les garçons ont des conciliabules pour orga-
niser le tir – minimiser les temps de latence, et
c'est vrai que chaque année il est devenu moins
dérisoire, moins deuxième degré. L'an dernier,
les oh ! et les ah ! n'étaient plus surjoués.

Le lendemain, on jette les assiettes en papier, les gobelets en plastique, les bouteilles vides où l'on avait mis les fusées pour les faire décoller droit. Mais on laisse deux ou trois tourniquets plantés dans les arbres, un feu de Bengale, c'est comme une politesse que l'on doit à ce soir-là. Les papiers bariolés ont disparu, les pluies ont mis à nu le carton terne et gris.

Il fera froid longtemps sur la joie de l'an dernier.

DES RAILS VERS QUOI ?

À quoi servaient les rails ? Surtout ne pas savoir. C'était sérieux, lié à une industrie lourde, des métaux sans doute. On ne pouvait se passer de wagonnets pour emporter – vers où, vers quoi ? – les produits manufacturés. Il devait y avoir des crissements, des grincements, des hommes à tablier et à casquette, grandes gueules et durs au mal, vrais ouvriers de la vraie classe ouvrière.

Des hommes qui ont disparu. Aujourd'hui, derrière les verrières du passage, on voit des architectes, des graphistes, des publicistes. Assis, debout, ils sont minces et droits. On ne les imaginerait pas la tête rentrée dans les épaules, le cul en arrière, pousser un wagonnet en vociférant des mises en garde furieuses ou goguenardes, et quelquefois mutines à l'approche d'une cousette.

Les rails sont restés là, s'entrecroisent entre les pavés. Trop difficile de les déterrer, peut-être. Mais cela semble un choix. Plutôt coquet de pouvoir dire : « Vous savez, avant, c'était… » Et l'interlocuteur ouvre les yeux juste assez grands pour manifester la part d'étonnement et de respect qu'il est opportun d'accorder aux pratiques ancestrales.

Le monde de l'ordinateur a sa mémoire, mais il aime faire sentir qu'il en possède une autre. Mémoire du monde révolu de la sueur inutile, mémoire d'une humanité qui se donnait du mal. Aujourd'hui dans la cour, c'est beaucoup de silence connecté. Les rails ne mènent à rien qu'à cet imaginaire fin dix-neuvième, début vingtième, pas si loin. Carte postale industrielle sous les pas, attention aux talons aiguilles. L'endroit

est devenu si cher, si soft, si chic. Entre les rails
et les bureaux design y a-t-il relais, rupture ? Un
charme désuet. Mais au-delà, qui sait où son tra-
vail le mène ? Surtout ne pas savoir.

DÉSIR MASQUÉ

Ils sont beaux, ces messages dont nous ne comprenons rien, ces idéogrammes chinois qui s'inscrivent dans le vrai sens de la ville, celui de sa verticalité. Nous n'essayons même pas de deviner ce qu'ils peuvent exprimer. Messages d'amour, petites annonces, slogans politiques ? Peu importe. Ils détiennent une forme d'absolu, parce qu'ils restent impénétrables. Ils sont une parfaite métaphore de cette incommunicabilité qui plane dans l'essence des rues comme un oubli, comme un danger. La poésie des bancs, des squares, des trottoirs, c'est tout ce qu'on ne saura jamais nommer, car chaque pas les renouvelle et les disperse.

On sait bien que ces signes sont sans doute l'équivalent de ceux que nous pouvons déchiffrer, mais ils nous semblent dépasser leur pouvoir de signification pour atteindre le mystère de nos renoncements.

Étrangement, ils nous rassurent. La ville ne sera jamais réellement pénétrée, conquise. Nous n'en apprivoisons que l'apparence des contours. Il reste toujours en nous comme un idéogramme chinois le rêve sourd que nous ne savons formuler. C'est bien que cette envie reste élégante, à l'encre blanche, à l'encre noire. Des petits rameaux de sens qui dessinent des arbres, ou des atomes de neige. Une sagesse orientale offrant seulement ce qu'il est possible d'espérer : une pluie de paradigmes abstraits, de stalactites étranges, une pluie de questions masquées. Des mots qui ne sont plus des mots, mais désir et beauté.

GRANDE SECTION

Sans-papiers… Ceux-là ne laissent pas de traces. Sans-papiers… C'est comme s'ils étaient légers. Pas enfermés dans le registre. Pas inscrits sur les listes. On ne dira pas d'eux : « 948. Martin Patrick. Peut voter. » Un petit tchac. « A voté. » Sans-papiers… L'expression est trompeuse. Elle paraît synonyme de liberté, mais les sans-papiers sont seulement fragiles. Quel vent les dissipe, les emporte ? On ne sait pas bien. Il y a des mouvements secrets, et par-dessus un grand étouffoir de silence.

Mais quelquefois on sait. Merci l'école. Le sourire de la petite fille asiatique est celui d'une élève comme les autres. « Grande section de l'école Buffet. » L'affichette est bien faite. La petite fille y apparaît seule, mais la légende dit « Grande section. » Pas : « Elle fait partie de la grande section. » « Grande section », tout court. On ne peut l'en dissocier, puisqu'elle fait corps. En lisant ces mots, il nous semble voir toute la classe, entendre les pots de verre entrechoqués à l'heure de la peinture.

Son père est en situation irrégulière, menacé. Bientôt expulsé, sans doute. Il n'y aurait rien autour de cette logique de disparition, mais un comité de parents, d'enseignants a lancé ses papiers. Pas des papiers officiels. Des papiers de colère, de résistance. Des papiers sans papiers. On imagine bien : « Moi, je peux les tirer ce soir. Demain, on en colle partout dans le quartier. »

Partout. Sur les plaques des rues. On changera l'identité du présent. On continuera. On tiendra. Tout le monde croit savoir, les yeux brouillés par

LAISSEZ-LES GRANDIR ICI !
COLLECTIF DES CINÉASTES POUR LES "SANS-PAPIERS"

COMITÉ DE SOUTIEN
AUX ENFANTS DE FAMILLES SANS PAPIERS
De l'école Bullet – Paris 10ème

Depuis longtemps déjà, dans nos écoles, un mouvement de solidarité entoure les enfan
parents sans papiers. Etre sans papiers, c'est vivre dans la peur au quotidien : peur
contrôlé, arrêté et expulsé. Etre sans papiers, c'est être sans droit, travailler dur pou
salaire de misère et dans des conditions de logement souvent déplorables.

Parce que leurs parents ont fui leur pays pour leur offrir ici une vie et un a
meilleur, plusieurs élèves, les petits camarades de vos enfants, nés en Franc
arrivés plus récemment, sont condamnés à vivre dans l'angoisse.

Peut-on admettre que les quartiers populaires soient transformés en réserve de chass
sans-papiers traqués à grands frais, comme des délinquants ?
Peut-on admettre que des enfants puissent être, eux aussi, arrêtés, placés en cen
rétention (en fait de sordides prisons) et expulsés ?
Peut-on admettre que l'on brise des vies et déchire des familles pour atteindr
quotas d'expulsion ? Que nos élèves ou les camarades de nos enfants aient à e

le sommeil éveillé d'Internet. On les réveillera. Il faut des tracts pour ça, un affichage dans la rue, un calicot sur le mur de l'école. Et combien de milliers de papiers pour espérer sauver un sans-papiers ?

STYLET D'ANGOISSE

Au début, on essayait de suivre le fil, de comprendre. On reconnaissait des mots, mais bizarrement accolés, comme dans une espèce d'écriture immédiate, compulsive. Pourtant, c'étaient des lettres gravées, le long des rues, dans cette ville de province. Même si il ou elle avait choisi les pierres les plus tendres, il lui avait fallu du temps, une intention délibérée, patiente. Et puis on retrouvait la forme des jambages, l'élégance de ces caractères d'imprimerie longilignes, à peine irréguliers. Les mots occultiste, tabou, Edmond Rostand, gai luron se détachaient au-delà de leur sens : c'était le style qui comptait, la forme d'expression, le graphisme.

Au fil des mois, il y en avait de plus en plus. En passant, on souriait de cette familiarité virtuelle, de ce mystère aussi : à quels moments ces mots étaient-ils écrits ? La nuit probablement, mais sans crainte apparente d'être dérangé(e).

Et puis cela devenait plus qu'amusant. Émouvante, cette conversation secrète, qui nous concernait sans réellement se révéler. Inquiétante. De quelle solitude, de quel mal-être surgissait donc ce besoin de se dire, non pas par l'immédiateté de la parole perdue, mais dans cette opiniâtreté des murs attaqués ? C'était une autre façon de se cogner contre les murs, contre le monde, cette manière de s'inscrire, de vouloir échapper à la surface, à l'effacement.

Inquiétante aussi, car après tout le stylet obstiné des graphomanes n'est que la métaphore de tous ceux qui écrivent. Entre les livres et les murs, différemment diluée, c'est l'angoisse qui mène. Il n'y a pas de création paisible.

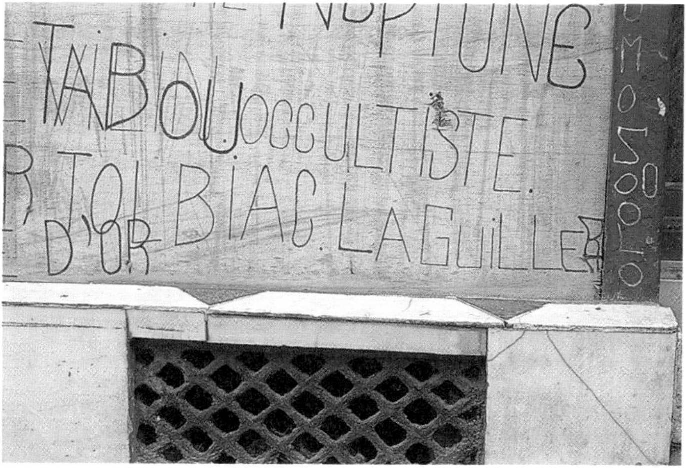
TABOU
OCCULTISTE.
TOLBIAC
D'OR

TABLE

Un cœur sur un feu rouge   9

Coque échouée   15

Mille feuilles   19

Humeur vitrée   21

Un cœur en feu   25

Nuage d'avion   29

Génie de l'absence   35

Carènes à l'os   37

Un pied qui danse   41

Boucherie cadeaux   45

Un peu de neige dans la cour   49

Station-service végétale   55

Paravent de famille   57

Blessures de table   61

À dégager   63

Les ailleurs assoupis   67

Morales murales   73

Initiales SG   75

Des mots dans le silence   79

Aujourd'hui bavette à l'échalote   83

Souvenez-vous   87

Madame est morte   93

Fête bridée   97

Candidature   101

Le bon réseau   107

Lourds légers   111

Souvenirs programmés   115

L'année du bac   119

Juste des noms   123

La mémoire de l'oubli   127

Fin d'artifice   131

Des rails vers quoi ?   135

Désir masqué   139

Grande section   145

Stylet d'angoisse   149

Philippe Delerm
dans Le Livre de Poche

Les chemins nous inventent   n° 14584

« Les chemins nous inventent. Il faut laisser vivre les pas », écrit Philippe Delerm. Des années durant, accompagné de sa femme, Martine, lui griffonnant des notes, elle prenant des photos, il s'est perdu à plaisir dans la campagne normande et la vallée de la Seine. Ainsi, au gré du temps, s'est constitué ce livre.

Forêts, chemins, villages aux noms charmeurs – Verneuil, Mortemer, Miserey... – sonnant à l'oreille comme un écho proustien, où passent quelquefois d'illustres souvenirs, Claude Monet à Giverny, la véritable Emma Bovary dans le véritable Yonville... Aux antipodes du tourisme pressé et des sites prioritaires, nous apprenons ici à capter les magies discrètes, la lumière d'un matin d'hiver, le chant d'une fontaine, la courbe d'une rivière. Balade, flânerie, promenade ? Plus encore : un art de vivre, une manière d'être au monde. Une philosophie, peut-être.

« Il y avait quelque chose dans l'air, ce matin-là. Ça ne s'explique pas. Ça vient deux fois par an, peut-être, au début du printemps souvent, et quelquefois à la fin de l'automne. Le ciel d'avril était léger, un peu laiteux, rien d'extraordinaire. Les marronniers ne déployaient qu'avec parcimonie leurs premières feuilles sucrées. Mais elle l'avait senti dès les premiers pas sur le trottoir, avant même d'enfourcher sa bicyclette. Une allégresse. Pas le jaillissement de la joie, pas le battement de cœur toujours un peu anxieux du bonheur. »

Composition réalisée par DATAGRAFIX

Achevé d'imprimer en octobre 2011 en France par
I.M.E. – 25110 Baume-les-Dames
Dépôt légal 1ʳᵉ publication : novembre 2011
Librairie Générale Française
31, rue de Fleurus – 75278 Paris Cedex 06